KB013663

몇 번인가 본 적이 있는 고양이가 내게 다가와 물었다.

"동물병원 39호가 어디예요?"

나는 고양이에게 약도를 그려 주었다.

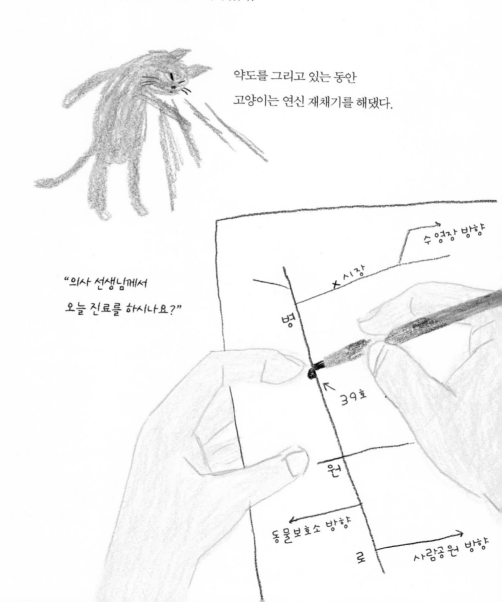

약도를 그리고 있는 동안

고양이는 연신 재채기를 해댔다.

"의사 선생님께서

오늘 진료를 하시나요?"

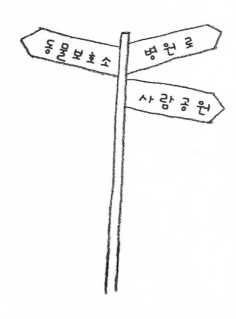

쫄병 여사에게 이 책을 바칩니다.

나는 고개를 끄덕이며 고양이에게 말했다.

"그 병원은 일년 내내 문을 열어.

진료 시간은 오전 9시부터 밤 9시까지란다.

참, 낮 12시부터 2시까지는 점심 시간이니, 그 시간에는 가지 말고."

동물병원 39호

리진룬 지음 ✿ 백은영 옮김

그러나
고양이가 첫 번째 환자는 아니었다.

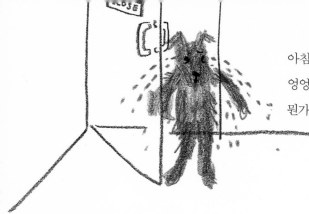

아침 일찍 개 한 마리가
엉엉 울면서 들어왔다.
뭔가 심상치 않은 일이 있는 것 같았다.

개는 시장이 붐비는 통에 그만 주인을 잃어버렸다고 했다.
"전 우리 집 주소도 모른단 말이에요."
개는 더 큰 소리로 울어댔다.

"그런데, 여기서 좀 기다려도 될까요?"

마침내, 개는 울음을 그쳤다.

그리고는 배가 고팠던지 밥 한 그릇을 뚝딱 해치웠다.

"이름이 뭐니?"

의사가 물었다.

"보배예요."

의사와 보배는 앉아서

주인 찾는 전단지를 쓰기 시작했다.

고양이가 머뭇거리며 들어섰다.

"제가요, 재채기를 해요. 가끔 기침도 하구요."

"그런데, 기침을 고치려면
물고기 몇 마리를 내야 되나요?"
고양이가 물었다.
"두 마리 정도."
의사가 대답했다.

우선 진찰부터 받고
물고기 이야기는 나중에 해야지.

"난 안 나가!"
토끼가 버티며 말했다.
"어서 나와, 넌 앞니를
잘라야 한단 말이야."
의사가 달래며 말했다.

"싫어, 안 자를 꺼야. 절대로 안 나가!"
토끼가 소리를 질렀다.
"그럼 건초를 잘 씹었어야지. 그랬다면 앞니를 안 잘라도 되잖아."
의사가 큰 소리로 말했다.

한 시간 동안이나 실랑이는 계속되었다….

거북이가 왔다.
작은 상자에 담겨서.

"선생님, 저랑 제 동생이 키우는 거북이가
며칠째 꼼짝도 안 해요.
혹시 겨울잠을 자고 있는 건 아닐까요?"
꼬마가 물었다.

개는 당분간 병원에 머물기로 했다.

고양이는 물고기를 잡으러 떠났다.

의사는 토끼의 진료 카드에 이렇게 썼다.
앞니를 잘랐음. 씹는 걸 질색하는 고집불통.

거북이는 집으로 돌아간 뒤 얼마 후
수족관에서 헤엄치기 시작했다.

스노우가 수술대 위에 눕자 의사는 소변을 볼 수 있도록 도와 주었다.
워낙 오래된 병이라 고쳐도 금방 재발하곤 했다.

마취를 해서 그런지
스노우는 깊은 잠에 빠졌다.

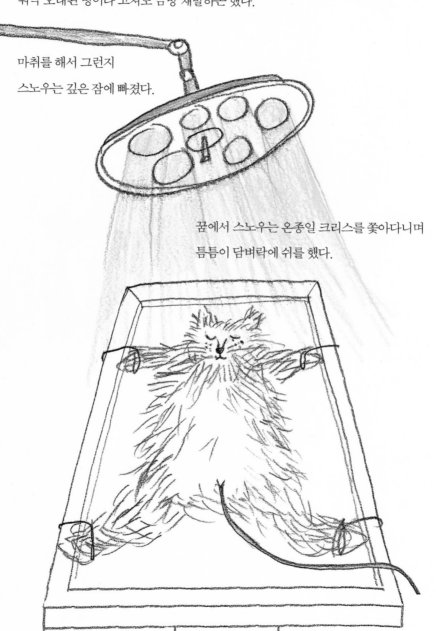

꿈에서 스노우는 온종일 크리스를 쫓아다니며
틈틈이 담벼락에 쉬를 했다.

어떤 마음씨 고운 아줌마가 검둥이에게 인사를 건네며,

병원비를 내줄 테니 광견병 예방주사를 맞으러 가자고 했다.

지금 주사를 맞으러 가면

병원에서 말린 고기 다섯 점도 얻어먹을 수 있다고 했다.

떠돌이 개 검둥이는 한 번도 병원에 가본 적이 없었다.

광견병 예방주사? 처음 들어보는 걸.

말린 고기 다섯 점? 그건 좀 생각해 봐야겠어.

헝겊 인형들이 진찰을 받으러 왔다.
한 녀석은 코가 터졌고
다른 한 녀석은 눈을 뜰 수 없다고 했다.
나머지 한 녀석은 귀와 꼬리를
새것으로 달아 달라고 떼를 썼다.

의사는 고개 숙여 세 녀석을 자세히 살펴보았다.

이거 보통 일이 아닌 걸.

언제인지 모르지만,
나비가 소리 없이 날아들었다.

나비는 현기증 때문에 의사에게 진찰을 받고 싶었다.
하지만 사방이 너무 조용해서,
나비의 방문을 아무도 눈치채지 못했다.

사실, 의사는
나비가 들어온 것을 알고 있었다.

"몸조심해."
의사가 말했다.

"낮엔 햇볕이 따가우니
나뭇잎 그늘에서 푹 쉬는 거 잊지 말고."

점심 시간에 의사는 꿈을 꾸었다.

꿈에서 낯선 사람이 나타나 약병 한 개를 주며 말했다.

"이 병에는 영원히 마르지 않는 만병통치약이 들어 있으니
앞으로는 돈 주고 약을 살 필요가 없소."

이제 떠돌이 동물들을 치료하는 데
경제적 부담을 가질 필요가 없게 되었다.

꿈속에선 모두가 행복하게 웃고 있었다.

먼발치에서 개는
누나가 의사에게
하는 말을 들었다.

"저 녀석 좀 보세요. 주사 맞으러 온 것도 아닌데,
저렇게 벌벌 떨고 있어요."
누나는 개를 돌아보며 다정하게 말했다.
"착하지! 주사 맞는 게 아니야. 네 과자 사러 왔단다!"

이른 아침,
누군가 개에게 목걸이를 매달아
병원 밖 기둥에 묶어 두었다.

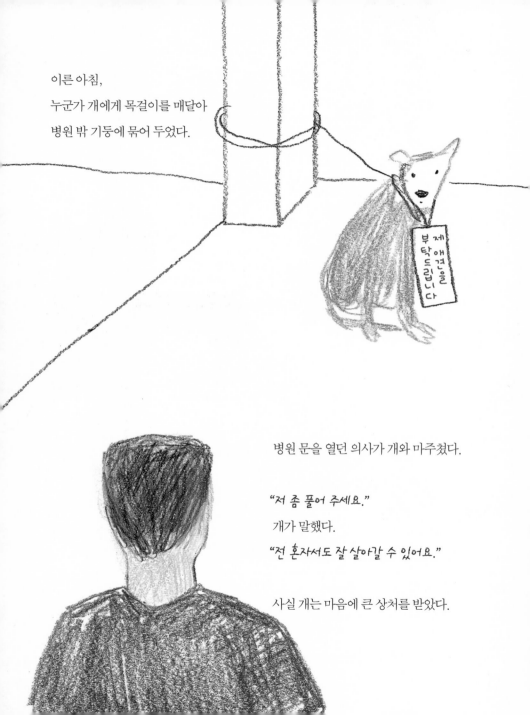

병원 문을 열던 의사가 개와 마주쳤다.

"저 좀 풀어 주세요."
개가 말했다.
"전 혼자서도 잘 살아갈 수 있어요."

사실 개는 마음에 큰 상처를 받았다.

주인은 고양이의 털을 깎아 주고 싶어했다.
의사는 고양이에게
몇 가지 기본 패턴을 보여 주었다.

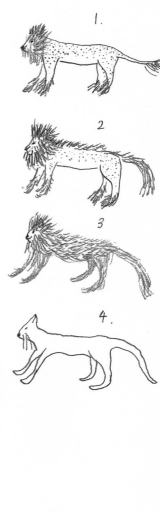

더위를 싫어하는 건 그 녀석만이 아니다.

"의사 선생님,

옷을 안 입으면 감기 걸린다고 해도

통 말을 듣지 않아요.

잠시 한눈만 팔아도 옷을 물어뜯지 뭐예요."

이것이 진정한 여름나기 헤어스타일*!*

오늘은 모두 동물보호소에서 주최하는

'완벽한 계획 출산'에 관한 강연을 들으러 갔다.

전용 차량을 제공하는 것은 물론

무료 건강검진도 해주고, 방문기념으로 뼈다귀도 하나씩 주었다.

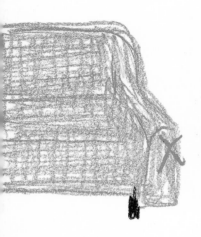

오늘은
다들 바쁜 모양이다.

아무도 그들을
상대해 주지 않았다.

생각할 게 있는 사람들은 골똘히 생각에 잠겼고,
전화 받는 사람들은
전화통을 붙들고 늘어졌다.

아무리 그래도 이름 한 번 안 불러 주고
외출하는 건 너무하잖아?

쉬---조용히 해.

나갔어.

다들 나갔다구.

그래 나갔을 거야.

나갔다니까.

집안에 어른들이 없는 틈을 타서
둘은 서로 바꿀 만한 물건들을
몽땅 꺼내 교환했다.

뼈다귀 베개

사료

쓰레받기

슬리퍼

휴지

개밥그릇

털실

파리채

깃털 먼지떨이

장난감 쥐

고양이
밥그릇

물어뜯어 망가진 뼈다귀

길거리표 와이셔츠

마지막으로 이름까지 바꾸었다.
이제부터 야옹이는 멍멍이고, 멍멍이는 야옹이다.

훈트는 병원에서 신문 한 부를 가져왔다.

신문에는 떠돌이 개를 입양하려는 독일인에 관한

기사가 실려 있었다.

"너도 이제 새 가족을 만날 수 있겠구나, 훈트."

고양이가 말했다.

비록 그 기회가 300만 분의 1에 불과하지만

고양이는 훈트가 내일 당장 독일로 떠나는 양 몹시 서운해 했다.

"가더라도 날 잊으면 안 돼."

고양이가 당부했다.

독일로 출발하기 전날, 둘은 사진을 찍었다.
꼭 끌어안고.

마당에서 수다를 떨고 있었는데,

라디오에서 신간 서적 한 권을 소개하자,

모두 약속이나 한 듯 귀를 쫑끗 세우고 경청했다.

주인을 어떻게 훈련시키는가 하면 · · · 금화를 사용하는 겁니다 · · · · ·

· · · 주인이 먹을 것을 주거나, 칭찬할 때 · · · · 쓰다듬어 주거나, 함께 산책할 때 · · ·

주인에게 금화 하나씩 주는 것을 잊지 마세요. · · · · · 주인이 몹시 기뻐할 거예요 · · · ·

· · · · 그리고 주인은 당신에게도 똑같이 해주어야 한다고 생각할 거구요. · · ·

· · · 기억하세요, · · · · 주인을 사로잡는 건 바로 돈이라는 사실을 · · · ·

· · · 만약 · · · 당신이 돈을 벌어다 주기만 한다면 · · ·

· · 주인은 절대로 당신을 버리지 않을 겁니다.

· · 주인이 한동안 잘해 준다면

상황을 봐서 · · ·

주인에게 금화를 주며 격려해 보세요.

· · 금화를 사실 분은 예약해 주세요.

· · 견공들은 뼈다귀 두 개로 · · · ·

다섯 개들이 한 봉지를 살 수 있고,

고양이님들은 물고기 네 마리로 · · ·

열 개들이 한 봉지를 살 수 있고,

· 토끼님들은 홍당무 세 개로 열 개들이 한 봉지를 · · · ·

· · · 살 수 있습니다.

36

얼룩고양이는 느긋하게 지내는 데는 관심이 없었다.
매일 생각하고 또 생각했다.

그리고 아주 열심히
일을 했다.

얼룩고양이는 야시장에서 「동물병원 의사가 화났을 때」라는

그림을 팔았는데 반응이 썩 괜찮았다.

그림을 사간 고양이가 다시 찾아와 친구에게 선물로 주겠다며 한 장을 더 사갔다.

어디에 쓸 거냐구? 못된 개 퇴치용이지.

그리고 개와 고양이 모두 쓸 수 있는 '효과 만점 천연 눈물'도 아주 잘 팔렸다.

어디에 쓰는 거냐구?
혹시라도 악당들에게 잡혔을 때, 눈에 몇 방울 넣고
눈물을 흘리는 척하면 동정심을 유발할 수 있지.

주인에게 꾸중을 들은 개는 의기소침해서
담장 귀퉁이에 누워 꼼짝도 하지 않았다.
이때 고양이가 슬며시 다가와 말했다.
"맹세하는데,
그 우유는, 정말 아니야.
내가 훔쳐 먹지 않았다니까."

"다들 긴장을 풀어라."

교관이 말했다.

"숨을 깊이 들이마시고, 먼저 물에 뜨는 연습을 한다.

이것만 잘 배우면, 물고기 잡는 건 아주 쉽다."

아,
이제 보니 누구에게나 고민은 있구나.

어디가 눈인지 코인지 모를
검둥이 한 마리가
쭈뼛쭈뼛 문 앞을 서성대더니
더듬더듬 물었다.

"저, 저기 말씀 좀… 묻겠는데요,
거, 겁 많은 강아지 고, 고쳐 주는 약도… 있나요?"

오렌지고양이는

10층에서 뛰어내리고도 멀쩡했다. 뿐만아니라

'영웅본색', '뛰어난 모험가', '신세대 우상' 같은 대회에

빠짐없이 참가했다.

그러나 유감스럽게도 상복이 없는지,

다른 고양이에 비해 실력은 뛰어났지만 늘 다음 기회를 기다려야 했다.

외국에서 왔다는 개 한 마리가 나타났는데
온갖 잘난 체를 하며 밉살맞게 굴었다.

그 녀석은 외국에서 버스도 타고, 지하철도 탔다고 했다.
공원 여기저기를 마음껏 뛰어다니고, 고궁 안의 미술관도 관람했으며,
호수에서 수영도 하고, 잔디밭에서 일광욕도 즐겼다고 했다.
모두들 예의를 잃지 않으려고 애쓰며 그의 말을 경청했는데, 왠지 모르게 기분이 나빠졌다.

그런데 솔직히 말해서,
잠자는 일 외에 무얼 하면 좋을지
잘 생각나지 않았다.

여기는 개가
들어올 수 없는 곳인데
몰랐니?

애완견, 들개, 사람을 가장한 개, 출입 엄금

개도 피곤할 때가 있다.

천국의 문 앞에서
그들은 나란히 구름 위에 앉아
천사가 날갯짓하기만 기다렸다.

"착한 아이부터 먼저 나오너라."
천사가 말했다.

어떤 남자가 찾아와 더 이상 자기 고양이를
치료하지 않겠다고 했다.

그 남자는 더 이상 부담을 지고 싶지 않다며
모든 걸 운명에 맡기겠다고 했다.

"왜 치료하지 않겠다는 거요? 살아 있는 한 희망은 있는데,
왜 병든 채 내버려 두겠다는 거냐구요?"
의사는 몹시 흥분했다.
"고양이는 여기 두고 가요. 내가 계속 치료하겠소!"

그러나 남자는 뒤도 돌아보지 않고 가버렸다.

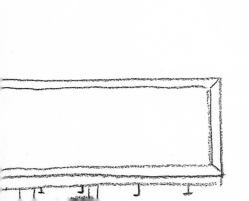

이건 '엄마'와의 마지막 포옹이었다.

"우리 아기,
    너는 이 세상에서 가장 착한 아이란다."
엄마가 속삭였다.

"선생님, 빨리요!
우리 고양이가 차에 치였어요!"

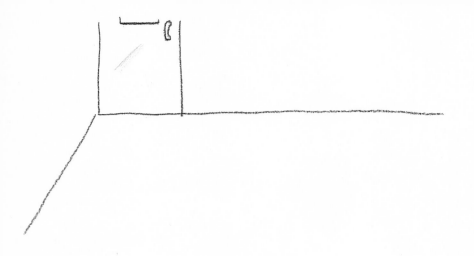

"하느님이 우리 고양이를
벌써 데려가시려는 걸까요?"

고양이가 병원에 실려간 지도 한참이 지났는데 비는 멈출 줄을 몰랐다.

개는 고양이가 너무 보고 싶었다.

개는 제일 친한 친구인 고양이를 보러 가기로 했다.
하지만 늙은 몸으로 그렇게 먼 길을 갈 수 있을지 걱정이었다.
더구나 비까지 내리고 있으니…

개는 용기를 내어 택시를 세웠다.
"저기, 저는 갠데요,
태워 주실 수 있나요?"

생명은 짧지만
사랑은 영원하다, 그런가?

65

매일, 누렁이는 같은 시간, 같은 장소에서
소녀가 학교에서 돌아오기만 기다렸다.
누군가에게 사랑 받는 느낌은 말로 표현하기 어렵다.

강아지는 개구리인형과 돼지인형을 끌어안고 잠이 들었다.
행복한 느낌이 전염되는 듯했다.

녀석은 배도 고프고, 몹시 피곤했다.

고속도로 남쪽에서 장장 251킬로미터나 떨어진 곳에서, 커피색 털북숭이 강아지는
여전히 주인이 데리러 오기만을 기다리고 있었다.

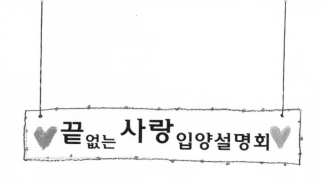

끝없는 **사랑** 입양설명회

내일은 입양설명회가 있는 날.
두 마리 개는 입양설명회에서 긴장하지 않으려고
미리 탁자 위에 앉아 보았다.

"끝없는 사랑이 무슨 뜻인지 알아?"
오른쪽에 앉은 검둥이가 물었다.
안 그래도 입양에 대해 의심을 품고 있던 검둥이는
이런 상황일수록 더욱 세심하게 이것저것 확인해 볼 필요가 있다고 생각했다.

태어난 지 2년이 된 지금까지
얼룩이는 우리 밖으로 나가 본 일이 단 한 번도 없었다.
아무도 이 사실을 몰랐다니 어찌 된 일인지 모르겠다.

그런데 반가운 소식이 들렸다.
금년 크리스마스 이전에 누군가 얼룩이를 입양하기로 했다는 것이다.
사랑을 듬뿍 받을 거라고도 했다….

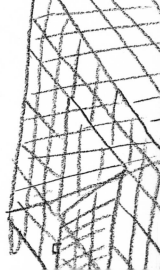

그게 정말일까?
얼룩이는 산타클로스에게 소원을 빈 적이 있었다.
산타클로스 할아버지가 아주 귀찮게 생각하지만 않는다면,
선물을 하나 받고 싶다고.

이런 떠돌이 생활이
언제쯤 끝나게 될까?

모두들 얼룩이가 받은 선물을
기다렸다.

누가 왔는지 알아맞혀 볼래?

젊은 여자가 문을 열고 들어왔다.
"저기, 말씀 좀 묻겠는데요,
혹시 보배라는 개를 못 보셨나요?"

주인 찾는 전단지는
더 이상 붙일 필요가 없게 되었다.

문을 닫고 잠깐 쉬려고 하는데
쓰레기통을 뒤집어쓴 개가 왕왕 짖어대며
도와 달라고 사정했다.

한바탕 소란을 피우던 개는 누가 통을 씌웠는지 모른다고 했다.
의사는 몹시 화가 났다.
누군가를 욕하고 싶은데, 누구를 욕해야 할지 몰랐다.

개는 의사가 자신을 잘 이해하고 있다고 느꼈다.

쫄병은 의사가 주워다 기르는 고양이다.

쫄병은 마침내 참지 못하고 물었다.

"의사 노릇 하는 게 정말 좋으세요?"

쫄병은 지붕 위에서 쪼그리고 햇볕을 쬐느니
차라리 병원 안 여기저기를 기웃거리는 쪽을 택했다.
그러나 남들이 무슨 병에 걸려 병원에 왔는지
그런 건 쫄병이 상관할 바가 아니다.
쫄병은 아주 건강하니까.

쫄병은 의사가 이것저것 병세에 대해 설명하며
이것도 조심하고 저것도 조심하라고 잔소리하는 것을 들었다.
일주일 내내 하루도 빠짐없이
귀에 못이 박히도록 들어야만 했다.

새해맞이 '서로에게 관심 갖기' 순회 강연
근하신년
주제:
어떻게 하면 사람들과
좀더 따뜻한 마음을
나눌 수 있을까
강사:
따스한병원 자원봉사자
쫄병 여사

밤이 깊었으니, 이제 그만 잠자리에.

오늘은 정신 없이 바빴다.
콧물 줄줄 흘리는 녀석,
귓속이 곪아버린 녀석,
눈곱 낀 녀석, 기침하는 녀석,
부스럼 난 녀석, 발톱 자른 녀석,
새끼 밴 녀석, 치석 제거한 녀석⋯
그리고 고민 상담을 신청해 온 녀석.

마침내 녀석들이 모두 돌아가자
의사는 진료 카드를 정리하기 시작했다.

아침부터 열이 났는데,
신경 쓸 겨를이 없어 그냥 두었더니
저절로 열이 내렸나 보다.

모두 집으로 돌아갔건만, 심지는 건물 밖에서 꼼짝도 하지 않았다.

심지는 참 착한 개야.
사람들이 갖다 주는 도시락 값을 하는 녀석이지.

한밤중에도 할 일이 왜 이렇게 많은지.

의사는 더듬더듬 일어나 분유를 타서 울고 있는 강아지에게 먹였다.

의사는 아주 피곤했지만 강아지에게 우유를 먹인 후

종이상자에 오줌을 누이고

다른 종이상자에 재워야 하는 일의 순서를 잊지 않았다.

의사는 더듬더듬 계단을 내려갔다.

도대체 어떤 녀석이 한밤중에
잠도 안 자고 노래를 부르는 거야?

한밤중에 의외의 손님이
찾아오는 건 흔히 있는 일이다.

흑곰은 산을 내려와 의사에게 도움을 청했다.
사냥꾼이 파 놓은 덫에 새끼의 발이 걸렸다면서.

"선생님, 저를 꽉 잡으세요.
전속력으로 달려갈 거니까요."

잠들기 전에
더 하고 싶은 말 있니?

"차가 있으면 정말 좋겠어.

놀러 가고 싶을 때 마음대로 놀러 다닐 수 있잖아."

개가 고양이에게 자기의 소원을 말했다.

고양이는 자기의 소원도 개와 같다고 말했다.

물론 다같이 바람 쐬러 가는 방법이 있지.

에필로그:
의사가 고양이에게 준 약봉지

고양이에게 약도를 그려 주던 날 밤,
나는 낮은 담장 위에 앉아 있는 녀석을 다시 보았는데
녀석은 약봉지를 든 채 얼이 빠져 있었다.

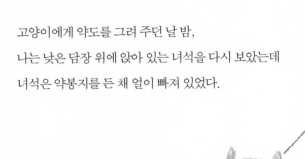

"약을 어떻게 먹는 건지 까먹었어요."
고양이가 말했다.

"어디 좀 보자."
나는 약봉지를 건네받았다.

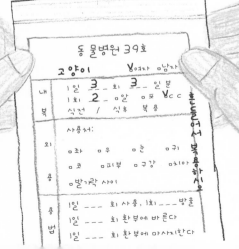

동물병원 39호

고양이   ✓여자 □남자

내   1일 __3__ 회 __3__ 일분
복   1회 __2__ 알 □ □ ✓cc   흔들어서 복용하시오
      식전 / 식후 복용

외   사용처:

      □좌   □우   □눈   □귀
용   □코   □피부   □구강   □치아

      □발가락 사이

용   1일 ___ 회 사용, 1회 ___ 방울
      1일 ___ 회 환부에 바른다
법   1일 ___ 회 환부에 마사지한다

"하루 세 번, 한 번에 2cc씩 잘 흔들어 먹어."

옮긴이 백은영

한국외국어대학교 중국어학과를 졸업하고, 타이완 둥하이(東海)대학 역사연구소 석사반에서 중국 역사를 공
부했다. 현재 전문 번역가로 활동중이며 번역서로『동경대재판』『차이나 마케팅』등이 있다.

No. 39 Animal Surgery

Copyright © 2002 by Chinlun Lee

Korean translation copyright © 2003 Daewonsa Publishing Co.

This translation published by arrangement with Locus Publishing Company

Through Carrot Korea Agency, All rights reserved.

이 책의 한국어판 저작권은 캐럿 에이전시를 통해

타이완 로커스출판사와 독점 계약한 '대원사'에 있습니다.

저작권법에 의해 한국 내에서 보호를 받는 저작물이므로

무단 전재나 복제를 금합니다.

동물병원 39호

첫판 1쇄 인쇄 2003년 12월 8일
첫판 1쇄 발행 2003년 12월 15일

지은이   리진룬
옮긴이   백은영
펴낸이   장세우

편집장   김분하
편 집   최명지, 정미정, 장영호
디자인   황진희, 위명자

펴낸곳   (주)대원사
주 소   140-901 서울시 용산구 후암동 358-17
전 화   (02)757-6717(대)
팩시밀리 (02)775-8043
등록번호 등록 제3-191호
홈페이지 www.daewonsa.co.kr

값 7,500원

ISBN 89-369-0980-0 03820
잘못된 책은 책방에서 바꾸어 드립니다.